Yoan Parra

El espejo sobre la ruta

Ápeiron Ediciones

2025

Yoan Parra

El espejo sobre la ruta

arte▫facto

1.ª edición, 2025

C/ Príncipe de Vergara, n.º 132, planta 9
28002 Madrid
Tfno.: (+34) 611 00 28 41
E-mail: info@apeironediciones.com
http://www.apeironediciones.com/

Diseño y maquetación: Ápeiron Ediciones

Papel procedente de fuentes responsables

PEFC FSC

ISBN: 979-13-990486-3-6
Depósito legal: M-12042-2025

a Georges Perec

Érase una vez un escritor de Francia que había sido invitado a dar unas conferencias sobre literatura en Australia. Este escritor escribía novelas del oeste y no sabía que era bueno escribiendo. Y por si fuera poco, estaba enfermo de los pulmones y tampoco lo sabía. Así que podemos empezar de nuevo. Había una vez un escritor francés de novelitas de vaqueros que iba a viajar a Australia y no sabía que iba a morir. Pero este hombre no sólo publicaba novelitas de vaqueros. En realidad, las novelas de tapa blanda eran su sustento, porque este escritor había publicado también obras experimentales y muy lúdicas que habían llamado la atención de la crítica especializada, aunque eran solamente conocidas por un selecto número de lectores. Este hombre, años atrás, había conocido a una mujer visceral. Una mujer casi radiactiva con ganas de morirse, pero que nunca murió, y cuyos labios olorosos de nicotina se disputaban los hombres de aquel pueblo a las afueras de Lyon. Se habían casado. Se habían mudado a Túnez en 1960, donde a ella le habían propuesto un trabajo en el departamento de sociología de la universidad. Tenían un gato. Todo parecía encajar. La alfombra, los libros, los anaqueles con los libros, la máquina de escribir, los termos de café, el gato, las pláticas sobre Kafka, las reuniones con amigos tunecinos, la división de labores en el piso rentado y hasta las figuras de cerámica puestas en la mesita de la sala. En aquel entonces ella elaboraba psicométricos en poblaciones afectadas por la guerra, y él escribía una novela donde los personajes no eran dos estudiantes que se iban a vivir a Túnez, sino los objetos que los rodeaban, las cosas materiales que invadían su existencia. Es decir, los protagonistas de aquellas páginas no eran las personas sino las cosas, y cada vestigio humano terminaba por disolverse de una u otra forma a través del hilo incesante de los bienes materiales. Irónicamente, en esos tres años de convivencia en Sfax, él y su novela se iban volviendo parte de la decoración donde vivían. Ya no era un hombre sino algo más o menos similar que se confundía con el paisaje cósico de las habitaciones. Pauline, en incesante radiactividad, no paraba de arreglarse el pelo corto y de diseñar más psicométricos en diversas comunidades. Para su sorpresa, aquella novela tunecina ganaría el premio Renaudot cinco años después. Sin embargo, tuvo que seguir haciendo novelitas de bolsillo para sobrevivir. En ellas las tramas eran las mismas: vaqueros heroicos llenos de alcohol que rescataban de la miseria a chicas de miradas perdidas; vaqueros que terminaban sepultados en alguna fosa común después de haber sido baleados en la espalda por alguno de sus compañeros de andanzas.

Ahora era un hombre, y por demás un hombre que ignoraba su fecha de vencimiento próxima. Su apellido, Perache, le gustaba mucho, porque según parece aludía a sus orígenes judíos. Probablemente el apellido era lo único que apreciaba de todo su ser. Pauline se había ido para siempre, y desde hacía un tiempo este hombre escribía con intensidad textos en su opinión "blandos", con cubiertas de chocolate y de los cuales nunca estaba satisfecho. Pero no se animaba a tirarlos. En su apartamento de la rue Diderot almacenaba todos esos papeles inútiles llenos de caligramas, ejercicios de estilo y anagramas, también dibujos y postales de flores, barcos, lugares. En este viaje a Oceanía llevaba consigo una parte de ese material mediocre con el propósito, según él, de reciclarlo a la hora de escribir la novela sobre Stendhal. Porque sí, en este viaje a Perache se le había ocurrido la idea de hacer una novela-homenaje al autor del *Rojo y el negro*, que llevaría por título el tiempo que había tardado Stendhal en escribir *La Cartuja de Parma*: 53 días. Un libro-juego, según creía Perache. Y como la novela, según el propio Stendhal, "es un espejo que se pasea a lo largo de una ruta", *53 días* se planteaba ser también, según Perache, un grupo de espejos que reflejarían los distintos y también infinitos aspectos de una misma realidad. Muy en el fondo no sabía si lo iba a lograr. Sólo sabía que quería terminar el proyecto en 53 días, desde que anotara la primera oración en la página en blanco. Y así, mientras iba en el avión, fue trazando las líneas esenciales del proyecto en una de sus libretas:

1– Escribir una novela en homenaje a Stendhal llamada *53 días*.

2– Escribir la novela en 53 días (tiene que ser la misma duración de la estancia en Australia).

3– Escribir los capítulos como si fuesen pequeñas matrioskas, donde un texto contenga al otro y donde cada uno vaya reflejando la inmensidad de la ruta.

4– Escribir la novela con una trama detectivesca o de misterio (novela negra).

5– La historia detectivesca debe ser narrada por un personaje que sea escritor y que esté escribiendo un libro en 53 días cuyo título también sea *53 días*.

6– Escribir al menos una página o un párrafo o una oración cada día, hasta el día 53.

1981

31 de agosto (día 1)

Perache acaba de llegar desde París al aeropuerto de Eagle Farm, situado cerca de Brisbane, en Queensland. Comienza a sentir el cansancio desde que se baja del avión. Las maletas rodando, los gritos de los niños en el vestíbulo. Todo le atolondra, cuando nunca se había sentido atolondrado en su vida. En la entrada lo está esperando un profesor de filología de la Universidad de Queensland. La invitación no es sólo para impartir las mencionadas conferencias, sino que también se trata de una residencia de escritura, apoyada por el departamento de francés de la universidad australiana. La estancia consiste, pues, en un mes de trabajo en el campus (septiembre) y luego, tres semanas de tour por el resto del país: Melbourne, Sydney, Adelaide. En el avión ha corregido diversos aspectos de las clases que debía dar a los muchachos de la facultad. "Consejos prácticos para el arte de hacer cuentos" era el título de una de las primeras ponencias. Al recibirlo, el profesor, Nick Raymond, cortésmente le da la bienvenida y le indica que lo llevará en un taxi hasta la pensión en Spot Flats, un complejo cubierto de manchas policromadas previamente pagado por la universidad y muy cerca del campus, al lado del río Brisbane. La conversación durante todo el trayecto ha sido en francés, algo que Perache agradece. Hablan de la política francesa y del clima australiano. El alojamiento no era la gran cosa, pero tampoco se trataba de un edificio del proletariado. Ya en su habitación, y después de un baño y de instalarse bien en la pieza, abre el cuaderno donde había anotado las seis propuestas de la novela y comienza entonces a bosquejar de manera más concreta la estructura del libro en una cuartilla.

1 de septiembre (día 2)

Ese lunes, bien temprano en la mañana, Raymond lleva a Perache a conocer el campus. Durante el recorrido, además de visitar por primera vez su nuevo lugar de trabajo (un pequeño despacho, austero, pero eficiente y con mucha luz), Raymond le muestra el departamento de francés, y allí conoce a algunos colegas mientras se hacen las respectivas presentaciones. De aquel recorrido lo que más ha encendido a Perache ha sido la máquina de escribir de Raymond: una Olivetti ET221 última generación con nuevas características incorporadas, como memoria de páginas, un método de programación tipográfica y una impresora de tipo margarita, lo cual hace que las letras adquieran una calidad desmesurada. La suya, una Olivetti 80E, no poseía ninguna de estas actualizaciones. Hacia el final de la tarde, en la despedida, Perache no puede resistir la tentación y le pide prestada la Olivetti a Raymond. Para su sorpresa, Raymond acepta con agrado y se la entrega en una maleta de mano.

En la noche le habían invitado a una fiesta en casa de un diplomático francés. Se puso a ordenar algunas cosas, comió unas galletas, cogió el abrigo y salió de la pensión. Hay ciertas personas que se entregan a una vida absurda y vacía porque han tenido en algún punto de su historia un dolor inaprensible. Pero hay otros que se han entregado al vacío porque han sentido en algún punto una felicidad, sin duda demasiado grande para sus débiles cuerpos. De los primeros estamos habituados a sus figuras solitarias leyendo un libro o caminando por la playa. Sin embargo, los segundos no se dejan ver, son como pequeñas luciérnagas opacas que podemos encontrar en algún partido de fútbol o a las afueras de un cine de provincia. Perache pertenecía a los segundos. La fiesta a la que había sido invitado en su segunda noche australiana era en el piso 17 de un edificio residencial. Algo que le llamó la atención, porque siempre imaginó que la actividad sería en la embajada.

Ya son las 10 de la noche. Un par de riquillos pavoneándose en el sofá de la sala toman cerveza y esnifan coca con algunos ingenieros, mientras observan a una stripper bailando frente a ellos con una música disco de fondo. El diplomático hace rato que se ha marchado. Perache anda por una esquina viendo todo el escenario. Nadie lo ve a él. El vaso de vodka por la mitad. Coca, cerveza, bailes y pavoneo. Como es usual lo invitaban a una fiesta donde no pasaba nada. Es que en mi vida no está pasando nada, pensó. Por eso no leía a Sartre o Camus ni al resto de los escritores funcionarios que se atrevían a hablar de la soledad y la náusea. ¿Cómo se atreven? Sintió deseos de fumar. Perache había dejado el cigarro en 1976 y, contrario a lo que le pasa al resto de la gente en tal dejación del vicio, había desaparecido en él el apetito sexual. Tampoco tenía pelo en la coronilla. En algún punto irreconocible se fue. Pero no importaba. Aún le quedaba algo a los lados y adelante. A Pauline le gustaba mucho aquella ausencia. Decía que tenía la forma de un corazón. Las mujeres, sin embargo, prefieren pelo y altura. Y gusto por los cigarros. No falla. En mi caso da igual porque no tengo deseo. Y como no fumo ya no tengo "clase" para Pauline. Ay Pauline… Perache terminó por sonreír. Se sintió muy aburrido, apuró el trago y se encaminó hacia la salida. Al volver a casa, decidió que la trama del libro se desarrollaría en tres sitios diferentes del mundo: Nueva Zelanda, París y Grianta (este último un imaginario y caluroso país africano, excolonia francesa). El nombre de "Grianta" lo ha tomado directo de la *Cartuja de Parma*; era el nombre de la casa de familia de donde había venido Fabrizio del Dongo, el protagonista de la novela. El último héroe sin duda, de la obra de Stendhal. Y como se trata de un thriller literario, y como toda novela negra alberga de alguna manera un crimen, la persona asesinada (o desaparecida, aún no lo tiene claro) es un escritor de novela negra que se llamará Robert Serval. El consulado francés en Grianta encarga su búsqueda y pide ayuda a un profesor de matemáticas, quien tomará el caso y hará las veces de detective amateur. Aquello le pareció bien. Tomó un cuaderno de notas y redactó en limpio las primeras líneas de *53 días*.

> Era una mañana algo gris y húmeda cuando Salini recibió una llamada del Consulado. Al parecer, había un autor de novelas desaparecido y hacía falta alguien con conocimientos matemáticos para decodificar el manuscrito de la última obra del autor, que se había encontrado encima de la pequeña mesa de su habitación vacía. Era su única pertenencia y probablemente la única pista acerca de su desaparición.

2 de septiembre (día 3)

Perache se ha quedado todo el día en la habitación durmiendo. Le ha invadido un sueño pesado, como si no hubiera dormido en semanas. No entiende nada. Al despertar, es casi de noche y se prepara algo de comer. Hacia la medianoche anota en su cuaderno: "53 días tiene que ser una especie de microensayo sobre cómo escribir novelas negras". Luego saca la Olivetti de Raymond y escribe un poema en donde aparece el nombre de Pauline constantemente y donde las letras del nombre de Pauline se van ennegreciendo de manera progresiva, como un cáncer tipográfico.

3 de septiembre (día 4)

Perache se ha levantado temprano y, en compañía de Raymond, ha dado un largo paseo por el centro de la ciudad. Ese día Raymond lo lleva a conocer, según sus propias palabras, algunas "maravillas locales". La primera parada ha sido una visita a Surfers Paradise. Brisbane es una ciudad inmensa, casi infinita, y Perache siente que se diluye entre los rascacielos, que a primera vista emergen como largas protuberancias azules y metálicas. A cada rato alza la vista para ver aquellas líneas de cristal elevándose de manera edificante para tocar las nubes. El campo le resulta más odioso, con sus casas del tamaño de los hombres. Luego pasean por el Jardín Botánico, dan una vuelta por las tiendas de antigüedades de Woolloongabba y visitan un pequeño zoo para ver a los marsupiales. Perache queda desconcertado con ellos y sus movimientos extrañamente divertidos. Al mediodía se siente un poco extenuado, y deciden almorzar en un café cerca de la playa. Mientras Raymond va un momento al baño, Perache agarra el cuaderno de notas y escribe:

Mantener el ritmo de tiempo se hace difícil. 3ppxd=94 días.

Concluye que necesita escribir un capítulo por noche para poder culminar el libro en el día número 53. Ya en casa, después de dos tazas de té negro, escribe una cuartilla del primer capítulo y varios esbozos del segundo.

4 de septiembre (día 5)

Perache ha impartido su primera conferencia en la universidad. Después del encuentro, los estudiantes le han invitado a un picnic en el campus. Todos ahora están sobre la hierba y hablan de las sintaxis de Ovidio, la métrica de Dante y los tiempos narrativos de Faulkner. Dos chicas han traído sándwiches de atún. Son las doce del mediodía, y la luz del cielo comienza a derramarse sobre sus caras y la comida. Perache se siente mal de repente. La camisa se le pega a la piel debido a un sudor extremo y súbito. Los alumnos continúan platicando, mientras los ojos del escritor se van asemejando a los de un bebé recién nacido que lo mira todo en derredor sin fijar la vista en ningún punto del espacio. Siguen cotorreando, piensa. No quiere desesperarse, así que intenta hurgar en sus pensamientos para desviar el centro del malestar. Se acuerda de un escritor que había hablado de las elecciones. Cada elección que hacemos, según este autor, implica lo contrario. Es decir, cuando elegimos algo siempre estamos renunciando a otra cosa. No hay ninguna diferencia entre elegir y renunciar. Por tanto, quién sabe a qué había renunciado al elegir aquel sol picante sobre la piel y aquella tierra alejada de todo. Eligió a Pauline, lo que implicó renunciar a otras mujeres y posibles roces y cariños. Pero no tenía caso pensar en eso ahora. Debía regresar al apartamento. El sol lo había dejado en un estado febril. Pidió disculpas al grupo y con movimientos pesados se marchó. Al llegar a la casa tuvo un ataque de tos. Tomó agua, pero aquello no tenía fin. Era una tos seca, perruna. Empezó a asustarse, a tener un miedo que le recorría el cuerpo y creyó por un momento (ya saben, esas situaciones donde sobrevienen pensamientos infantiles o extremos), que aquel ataque terminaría con la muerte. Pero comenzó a aminorar, hasta desaparecer por completo al cabo de unos minutos. Logró calmar su ansiedad. Se preparó un vaso de leche caliente y se sentó a escribir otros dos párrafos de la novela. Luego se metió en la cama y pudo dormir unas horas.

5 de septiembre (día 6)

Esa mañana Brisbane había sido inundada por una humedad insoportable, a causa de una lluvia persistente durante la madrugada. Perache salió de nuevo a la calle y tomó un tranvía hasta el centro. Durante el trayecto iba mirando plácidamente la ciudad como si fuera una ciudad alucinada, pero nada de lo que veía se le quedaba en la mente. En el bolso de la universidad que traía consigo, tenía un ejemplar de *La cartuja de Parma*, y se puso a leerlo. Pero tampoco era capaz de grabar o captar las ideas que había ahí. Volvió a sentir el sudor frío en la frente. Ese día visitó dos museos sobre tecnología, caminó por la plaza Anzac y volvió a casa. En la noche cenó en casa de Raymond, donde pudo conocer a su esposa y sus dos hijos. Luego del postre jugó al rompecabezas con los niños. En un determinado momento Perache les dijo que no estaban haciendo un verdadero rompecabezas, dado que ya tenían la imagen impresa de la solución en la caja. Entonces los niños exclamaron: "¡Ok, Mr. Clever!" y apartaron la caja bien lejos. Mientras los hijos de Raymond reían, Perache, casi gateando en el piso, intentaba armar el puzzle hasta que, al final, no pudo avanzar mucho más y se levantó dándose por vencido. En un punto de la velada Perache habló largamente con Raymond y su mujer sobre los judíos y la historia y orígenes de su familia, refugiados polacos durante la Segunda Guerra Mundial. Raymond se sorprendió de la manera abierta e imparcial con que Perache hablaba de sus padres y de sus muertes en un campo de exterminio durante el Holocausto.

De regreso en su habitación dio algunos retoques al primer capítulo del libro. Antes de dormir, ha escrito un comentario en su cuaderno:

Lo mejor es no hacer nunca descripciones psicológicas de las personas. En lugar de pensar, la gente solo actúa y eso es todo.

5 días por capítulo o 140 días (53 días→190-91)

6 de septiembre (día 7)

Aquella tarde de domingo una de las asistentes a los cursos le había invitado a comer en un restaurante de la zona financiera. La joven se llamaba Dina. Era muy jovial y de buenas maneras. El pelo rubio cenizo y delgada. Algo similar a Pauline. A Perache le parecía un pequeño y frágil cervatillo. Ignoraba si la invitación escondía un interés sexual o una simple admiración intelectual. Podían ser ambas cosas. O ninguna de ellas. Pero Perache descartaba esto último. Siempre hay un motivo, un móvil, se decía a sí mismo. Excepto las propias conductas de él, claro. Además, él como persona se sentía feo, y en cuanto a la intelectualidad se veía como un tipo mediocre. ¿Qué interés podría ser? Le dolía la cabeza para ponerse a pensar en ello y trató de concentrarse en la charla de la muchacha. Después de un rápido paseo se sentaron en las sillas apostadas en una de las fondas donde revoloteaban un montón de palomas. La chica pidió un croissant de jamón. También le trajeron un expreso. Perache pidió una pizza y una cerveza. Hablaron o más bien Dina habló de los nuevos libros que había comprado, de cuáles eran sus materias preferidas del semestre de otoño y, luego, ambos intercambiaron sobre el clima de Australia y las semejanzas y diferencias con Europa. Los encuentros para almorzar después de los cursos se repitieron. Perache notó que cada vez que se acercaba la hora de comer el humor alegre de Dina iba *in crescendo*. Pudo confirmarlo uno de esos mediodías, mientras comían en otra de las tantas fondas de la plaza: sabes, cuando tengo hambre no sé si tengo frío o no, dijo Dina. Qué interesante, mintió Perache. Al regresar a la pensión esa vez, se dio cuenta con verdadero horror de que le daba lo mismo salir con aquella muchacha que no hacerlo. No podía sentir total aberración ni total felicidad. ¿Sería así con todo lo demás? No. Su proyecto de Stendhal, por ejemplo, no le daba igual. O así lo creía. No obstante, el pensamiento acerca de vivir así con el resto de las cosas sin ser afectado le hacía sentirse un poco mal. Esa noche tuvo otro episodio de tos persistente y no pudo escribir.

7 de septiembre (día 8)

Era otro día aplomado, pegajoso de humedad, y a eso de las nueve ya no llovía, pero volvería a hacerlo, tal vez sobre las doce. Perache bajó a la calle para comprar el periódico y mientras se dirigía al campus, pensó en Túnez. En aquellos años 60. La ambición de tenerlo todo cuando no se tiene nada. Cómprame unos cigarros, no soporto estas paredes, hazme el amor al mediodía, atrévete a leer Bourdieu, decía la radiactividad de Pauline bajo aquel techo africano. Ambos cumplían el requisito indispensable: el hambre de las cosas. En aquella época frecuentaban amigos con los que iban a cafés y tertulias. Franceses que, como ellos, habían llegado a aquel país atraídos por su exotismo y ambiente intelectual. A la hora de dormir, Pauline le hacía preguntas. ¿Por qué no dejas los vaqueros? ¿Por qué no los entierras? ¿Por qué no fuiste amable con mis amistades de la facultad? ¿Por qué no escribes como Salinger? ¿Por qué no asombras? ¿Por qué no me asombras? Perache recostado en la cabecera de la cama terminaba su cigarro y le decía buenas noches. Cuando Pauline no había acumulado radio ese día, no se daba discusión alguna. Cuando ocurría lo contrario, empezaba una pequeña pelea tan liviana como estúpida que no conducía a ningún lado y que culminaba con ambos intercambiándose un cigarro. Aquel gesto era la señal de la tregua, el pacto silencioso y estilístico de que todo había terminado por esa noche. Desde que se habían ido a vivir juntos, Perache la había dejado aparecer en todo su ser, y tal dejación era, sin duda, el mejor de los actos de amor. O eso creía él.

Al término de su curso en la mañana, Perache decidió irse a la playa ese fin de semana y olvidarse del libro sobre Stendhal, de la universidad, de los alumnos, de las charlas con Dina, del recuerdo de Pauline y el vapor de la ciudad. Tomó un tren hasta la localidad de Noosa. A través de la ventanilla podía ver praderas amarillas mezcladas con casas de campo. Al llegar se puso a dar vueltas, entrando en los cafés y saliendo de ellos a los dos minutos. Se sentía literalmente perdido, pero a la vez le invadía una sensación de familiaridad con aquel lugar. Siguió caminando. Al doblar por una calle llamada Grafton, divisó una galería. Entró. A unos pocos metros había un montón de gente alrededor de una mujer desnuda. Era una performance. La mujer estaba de pie con la mirada perdida en un punto del espacio y, a su lado, se veía una mesa donde reposaban varias armas y utensilios. Todos dispuestos en un inquietante orden ascendente. O descendente. Espinas de rosas, un pedazo de madera, un martillo, un bate, dos pequeños cuchillos, un hacha, y, por último, una pistola. Al parecer la multitud era libre de tomar algo de la mesa y usarlo contra la artista. Perache notó que al principio nadie se atrevía pero de a poco se fueron despertando y comenzaron a descargar sobre ella con los palos y los cuchillos. Le dibujaron segmentos rojos con el filo de la hoja y otros la golpearon salvajemente pasada una hora. En el medio de aquello uno tomó la pistola y le apuntó en la frente, pero no disparó. Perache no daba crédito a lo que veía. Se quedó hasta que todos se fueron. Comenzó a temblar cuando se acercó a ella. La amplia sala estaba prácticamente vacía, y aquella mujer toda llena de sangre y moretones iba vistiéndose con un suave albornoz de hilo, mientras iba abriendo una cajita de vendas y estuches de alcohol. Era impresionante el contraste del color rojo de la sangre con el negro de su cabellera suelta. Sin decir nada, con poca visión en los ojos y todavía temblando, Perache cogió un algodón mojado de alcohol y, anticipándose a los movimientos de ella, lo deslizó por la piel magullada. Curó sus heridas largo tiempo en silencio y ninguno de los dos habló. Al principio él creyó que se apartaría, pero sólo se le quedó viendo como miraría una abuela a su amado nieto, es decir, una mirada muy diferente a la que mostraba durante su enfrentamiento a los golpes. Escuchó su voz al fin. ¿Quién eres? ¿Cómo te llamas? Soy un artista del performance, igual que tú, mi nombre es Olaf, mintió Perache. Qué nombre más estúpido, dijo ella riendo. Luego se puso seria de nuevo. Gracias por lo que haces, Olaf. Me llamo María. Esa misma noche, en la habitación de ella, los dos descubrieron que habían nacido el mismo día, el 7 de marzo. Con sólo dos años de diferencia. Hicieron el amor. Delicado e intenso. Sin embargo, al terminar, Perache sintió una punzada en la parte alta de la espalda y tuvo de nuevo un ataque de tos. Desde el lavabo le dijo a María que no era nada. Durmieron lo que quedaba de noche. Al otro día, mientras ella todavía dormitaba profundamente, le dejó una pequeña nota de despedida y tomó un tren de regreso a Brisbane.

8 de septiembre (día 9)

Todavía le quedaba medio mes de trabajo y las tres semanas de tour por Melbourne, Sydney y Adelaide. Esa mañana se sintió con más fuerzas para impartir la clase y tomarse después una cerveza en un bar con algunos colegas del departamento de francés, Raymond entre ellos. Allí aprovechó la ocasión para contarles por primera vez sobre su proyecto. Les contó sobre Stendhal, y explicó que estaría en Australia exactamente 53 días, para producir una novela de detectives que trataría sobre la muerte de un autor y la desaparición de un manuscrito, y todo narrado por alguien que pretende escribir un libro igual en 53 días. A los colegas les pareció interesante la idea y continuaron charlando sobre otros temas. Perache advierte que el bar está empapelado con diferentes mapas antiguos en cuya cabecera se puede leer: TERRA AUSTRALIS INCOGNITA. Al salir del lugar, el grupo pasa frente a una tienda de vinos y Perache quiere entrar de repente, por lo que se despide del resto. Mientras camina por un largo pasillo observa en una de las vidrieras un vino llamado Hill of Grace. Le gusta aquel nombre. Lo anota. Le pide al vendedor una cata de aquel vino. El sabor es ligeramente dulce, con un aroma consistente. Y decide que uno de los personajes, que será asesinado en la novela, lleve el nombre de Grace Hillof. Así pues, Grace Hillof, una chica guapa y misteriosamente desenfrenada, sería asesinada en un *nightclub*. En la noche, en su escritorio, esboza y corrige las escenas de estos personajes efímeros.

9 de septiembre (día 10)

Perache está sentado en un banco del campus leyendo un libro de Raymond Queneau. De repente cierra el libro y alza la vista. El campus de la universidad se llamaba St Lucia. Se da cuenta que le gusta el nombre. Esa misma noche escribe una escena en el aeropuerto de Grianta y nombra al aeropuerto así: St Lucia.

10 de septiembre (día 11)

Notas en el cuaderno:
Completar un capítulo cada quince días, sin adelantarse ni atrasarse nunca al flujo del tiempo.
El narrador es un profesor de un liceo en Grianta. Lo invitan a un lúgubre bar turístico. El bar empapelado con cartas apócrifas de navegación. En la cabecera se lee: AFRIQYA INCOGNITA. En el bar es donde se le pide que colabore para encontrar a Serval. La herramienta de búsqueda sería el libro en el que trabajaba Serval, y que éste le dio a un amigo en caso de que a él le pasara algo. Título provisional del manuscrito: *La cueva.*

11 de septiembre (día 12)

Título del manuscrito de Serval: *La cripta.*
Cripta = sucesivas pistas, pero también la explicación de la ausencia de Serval y su posible muerte.

Objetivo: que el lector sea el verdadero detective. Modelo paranoico.

La cripta llevará a otros libros de acertijos. Historias ambientadas en París y Nueva Zelanda. Historias narradas por un biólogo que está eludiendo a varios agentes de la CIA/KGB.

OJO: (Cada texto deberá ir reflejando la trama más amplia de la ruta).

12 de septiembre (día 13)

Sábado. 10 a.m. Perache baja a un café cerca de Spot Flats a desayunar. Después regresa a su habitación a escribir la parte de París y Nueva Zelanda. Los siguientes tres días no trabaja en el libro y se dedica sólo a la universidad y a leer algunos textos de biología. El resto de la semana se la pasa nada más haciendo correcciones al primer capítulo de 53. De vez en cuando revisa el buzón y encuentra varias cartas acumuladas de Laurent, su editor en París. No quiere saber de ellas y las deja allí mismo.

18 de septiembre (día 19)

Es la última clase de literatura en el campus, y Perache siente una motivación desconocida y una alegría extraña, así que durante la sesión, y contra todo pronóstico, le habla a los chicos con entusiasmo sobre la novela policíaca que está escribiendo. En la tarde, después de almorzar con el personal del departamento, se retira a su casa y prosigue la corrección del primer capítulo. También comienzan las primeras redacciones del segundo capítulo. Ha decidido para ese entonces recoger la correspondencia de su editor y leerla.

19 de septiembre (día 20)

Redacción del esbozo de un posible tercer capítulo. Una nota al margen:

Intentar tener una idea clara de lo que es una milla náutica. Familiarizarse con los pies y las leguas para leer correctamente a Stendhal. Un diario es una unidad de espacio. Una superficie en la que un peón de campo puede trabajar en un día. Hay que jugar con las medidas.

Otra nota al margen:

Una palabra puede significar una unidad de medida en tanto puede proporcionar un registro del trabajo de un autor en la página escrita. ¿La escritura quizás iría más allá de su valor semántico?

20 de septiembre (día 21)

Ese domingo Perache preparó todas las cosas que llevaría para el tour. Puso un poco de ropa en un maletín, la *Cartuja de Parma*, dos libros de poesía francesa del siglo XIX y su cuaderno con los principales comentarios de *53 días*. En la noche escribió en una postal para un viejo amigo en París: *Estoy trabajando en mi novela. No va tan rápido como esperaba. Es muy complicado. Pero de todos modos estoy avanzando. También escribo poemas. Un abrazo grande. P.*

21 de septiembre (día 22)

Primer destino del tour: Sydney. Bien temprano en la mañana, Perache se encamina a la estación. Al tomar el primer tren tiene una idea y va anotando los nombres de cada una de las estaciones en las que ha tenido que subir y bajar. Redfen, Sydenham, Tempe, Rockdale. Decide que esos serán los nombres de una milicia de comandos británicos que estarán en la novela. Luego toma un segundo tren en la Costa Dorada. El viaje en total son 15 horas. Al llegar a Newtown, sobre las 10 de la noche, se hospeda en un pequeño hostal cerca del centro.

22 de septiembre (día 23)

El barrio de Newtown le parece muy bohemio, con casitas de madera en fila, librerías independientes y tiendas de objetos de segunda mano. Le parecen también muy contrastantes las casas de estilo victoriano y el arte callejero con sus graffitis. Después de almorzar en una pizzería, da un paseo por King Street y siente ganas de inventariar todo lo que ve. Esa mañana había conseguido agendar algunos encuentros con escritores locales. El primero de ellos con dos poetas, Jim Forbes y Marcus Connor. Se citan esa tarde en un bar en la misma King Street. Los poetas decidieron llevar a dos amigas francesas con ellos. Todo el tiempo, (Perache no sabe por qué), las dos mujeres le intimidan, se siente como un niño increíblemente tímido, por lo que a cada pregunta que las chicas le hacen, prefiere dirigirse a Forbes para responder. Las mujeres no se percatan de esto; entienden que Perache es un francés engreído y maleducado y abandonan la reunión al cabo de unos 20 minutos. Perache se queda hablando con Forbes y Connor. Conversan sobre el trabajo de Ken Bolton, un poeta australiano no muy conocido, a quien Perache también ha contactado, y sobre la pasión de Bolton por Magic Sam; hablan de la prematura muerte de Magic Sam y de su habilidad para combinar el lado más salvaje del blues de Chicago con lo más tierno del soul. En el bus de regreso a la pensión, Perache escribe un poema en prosa sobre la consternación de un sueño pacífico, el silencio de los indios iroqueses y estrellas infinitesimales.

23 de septiembre (día 24)

El segundo encuentro fue con el mencionado Ken Bolton. Hasta ese momento Bolton sólo había publicado dos libros, ambos a finales de los años 70: *Four Poems* y *Blonde & French*. Aún es un escritor joven y desconocido. El encuentro ha sido afable, se encontraron en un pequeño café, y ambos escritores han hablado de sus respectivos planes literarios a corto plazo, sobre el clima de Australia y las posibilidades de exploración en el contexto de la literatura australiana. Sin embargo, después de despedirse, Perache ha concluido que nada importante o relevante ha podido sacar de la conversación.

24 de septiembre (día 25)

Esa mañana ha partido en tren en dirección al sur, a la ciudad de Wollongong, para una parada de dos días. Al llegar, después de dos horas de viaje, se ha quedado (gracias a las conexiones de Raymond) en la casa de Dan Darko, un profesor de francés de la Universidad de Sydney. En la tarde, Darko lo lleva a dar un paseo. Perache le había mencionado que siempre lo llevaban a barrios turísticos y zonas bellas, por lo que Darko decide hacer una ruta diferente en auto hasta La Perouse y la bahía de Frenchman, por la carretera de Bunnerong, donde se pueden ver varias centrales eléctricas y terrenos baldíos casi infinitos a la vista. A Perache le fascina la belleza poco convencional de aquel paisaje industrial, sobre todo, ha quedado cautivado por unas nubes oscuras al fondo del horizonte. Sin duda se avecina una gran tormenta, y el olor anticipado de la lluvia le provoca una sensación de amplio bienestar en todo su ser. Debido a la cercanía de la tormenta emprenden, al cabo de un rato, el viaje de regreso. Esa noche, después de cenar con Darko y su esposa, se ha encerrado en el cuarto de huéspedes para proseguir con su proyecto.

25 de septiembre (día 26)

Sobre las diez de la mañana, en un instituto de estudios literarios de Wollongong, ha dado una conferencia sobre su novela acerca de las cosas, la que ha sido premiada con el Renaudot. Para su sorpresa, ha descubierto que se trataba de un texto de lectura incorporado en los cursos de francés en dicha escuela y en otras de la región. Aquello le ha generado cierta alegría. El resto del tiempo lo ha pasado en la casa de Darko, encerrado en su habitación y escribiendo.

26 de septiembre (día 27)

Sale para Melbourne. En vez de coger un avión (la vía más fácil y rápida) ha decidido ir en autobús, el tiempo de viaje es de alrededor de 11 horas con 45 minutos desde la estación de Wollongong hasta Melbourne. 860 kilómetros. Desde el cristal emergen largas praderas con montañas de fondo. Hubiera deseado ver algún canguro, pero solamente aparecen una y otra vez montañas, largos campos y a veces dunas de arena. Durante todo el trayecto intenta dormir en el asiento, sin éxito. Después lee algunos pasajes de *La Cartuja de Parma,* sobre todo de la primera sección, donde se describen de manera fenomenológica las escenas de la guerra, su parte favorita de todas. Hace también más anotaciones:

Stendhal=Shetland

7 testigos para hallar

8 lugares que localizar

9 en este punto el libro encontrado viene al rescate (el asesinato es en una cripta)

10 el cadáver es hallado

11 así que eso fue todo

12 sí pero ¿cómo, quién, por qué?

27 de septiembre (día 28)

En Melbourne se ha hospedado en un pequeño hotel sugerido por Raymond. En esta zona de Australia no conoce absolutamente a nadie, ni nadie en Brisbane ha podido brindarle alguna recomendación. Exceptuando la asistencia al día siguiente a un evento internacional de poesía en una galería cerca del río Yarra, el motivo de la visita es meramente turístico. Vaga sin rumbo fijo por el centro y el jardín botánico y termina sentado en una librería de libros usados. Compra allí un libro de Henry James. *Un portrait de femme*. Ediciones Gallimard, 1978.

Una nota en el cuaderno:

El problema no es el tiempo, sino el espacio. La capacidad de significar de 53 no debe venir dada tanto por lo que se cuenta (flujo temporal), sino por el cómo se ordenan los elementos que hacen posible ese contar (flujo espacial).

28 de septiembre (día 29)

Al salir del evento de poesía Perache siente una ola de calor en el cuerpo y un fuerte dolor en la pierna derecha, que comienza en la rodilla y llega hasta los tobillos. Al llegar a la pensión se da cuenta de que el muslo lo tiene muy entumecido. No entiende nada. De camino a casa se ha detenido en una farmacia para comprar analgésicos. No resultan ser un gran paliativo en la noche. También estos últimos dos días ha sentido unas sibilancias en el pecho. Le extrañaba un poco todo aquello porque nunca se enfermaba. Ni siquiera de niño. Aquel sonido en el pecho, parecido a un leve silbido cada vez que toma aire, le exaspera. Vanamente intenta ignorar el sonido, pero resulta imposible evitarlo, más bien emerge siempre como un frío recuerdo o como alguna presencia fantasmal con cada respiración. Al día siguiente se siente demasiado cansado para viajar y prolonga su estancia en Melbourne. En este breve periodo no puede escribir y se la pasa en la cama viendo la televisión.

30 de septiembre (día 31)

Después de un viaje de casi 10 horas en tren, Perache ha llegado a Adelaide. El destino final del tour. En Adelaide, un amigo de Raymond, de apellido Schulz, le ofrece alojamiento en una casa de dos pisos en las afueras y muy cerca de la estación de tren. Aunque ha llegado por la tarde, está muy cansado y no siente deseos de salir. Después de acomodarse y preparar un té, se dispone a trabajar. Hacia el final de la noche, después de una serie de rigurosas correcciones, considera que ha terminado en su totalidad el primer capítulo y la mitad del segundo.

1 de octubre (día 32)

Perache ha salido a caminar en dirección al centro. El silbido del pecho ha disminuido y se siente un poco mejor. Mientras camina, comienza a pensar en la serie de Fibonacci, en las famosas secuencias que se hallan en las flores y en las ramas de los árboles y, de repente, imagina la posibilidad de que todo ello de alguna forma pueda ser aplicado a los libros, quién sabe, al número de páginas o el número de libros dentro de un libro. Cuando llega a la rotonda de Elder Park imagina las diferentes maneras en que el número 53 es generado por la secuencia de Fibonacci. Pudiera ser un estilo lúdico interesante para el libro. Anota en el cuaderno: 53, 8, 13, 21. Mañana se propone estudiar y tomar más apuntes sobre el tema. Antes de dormir se pone a leer un libro de matemáticas.

2 de octubre (día 33)

Número 53 de Fibonacci. Cada número consecutivo es la suma de los dos primeros números en la secuencia.

F53 = F52 + F51 = ((1 + √5)53 − (1 − √5)53) / (253√5)

El 53 tiene 11 dígitos. Entonces: 53, 316, 291, 173

Cada número consecutivo es la suma de los dos primeros números en la secuencia.

53 es número primo [47/53/59]

seno de 53: 0,39592515018183

coseno de 53: 0,91828278621212

Si puede ser el número de pétalos en una flor o las ramas de un árbol así mismo el número de páginas o quizá el número de libros en el "libro".

3 de octubre (día 34)

Este día Perache decide descansar toda la mañana y luego, en la tarde, después de una charla por teléfono con Eli, su hermana, se dispone a conocer más la ciudad. Ha tomado un autobús y se ha bajado en uno de los *Adelaide Parklands*. Comienza a andar por una de las calles y se detiene en una esquina al ver la luz roja del paso peatonal. También se detiene a su lado un viejo con dos muletas. Es bajito y encorvado como la mayoría de los viejos. Mientras esperan para cruzar el anciano se gira hacia él y le pregunta ¿sabe usted que Adelaide es la ciudad con más atropellamientos? A mí me han atropellado tres veces, concluyó. Perache pudo ver el azul anémico de sus ojos. Un azul gastado pero efectivo. Oh, no sabía, responde un poco desconcertado y se adelanta al viejo cuando aparece la luz verde. Desde atrás y todavía parado en aquella esquina, el anciano exclama "¡que Dios lo bendiga!". Perache se voltea con un gesto rápido y sonríe estúpidamente. Sigue caminando con las manos en los bolsillos y a solas por otra de las tantas avenidas. Se da cuenta de que solo está vagando en busca de algún accidente afortunado. Alguna contingencia que lo distancie de su realidad. Al final termina en un bar del centro y pide un café. La chica que lo sirve en la mesa tiene un aire cansado y triste. Por un segundo Perache piensa en abordarla, pero no puede. Toma un sorbo de la taza. Entonces se pone a imaginar a la chica y la rutina que le espera después de salir de ese café: el pelo recogido, en ropa interior viendo los recibos de luz, el perro con hambre, el fregadero lleno de cazuelas y vasos sucios. Al fondo del café hay un grupo de jóvenes tomando cerveza y viendo un pequeño televisor en un mostrador. Todos gritan como chimpancés en celo, mientras miran la pantalla. Es un canal de deportes. Los chicos siguen en la gritería y el mismo Perache ya se ha tomado, antes de que pueda notarlo, tres cervezas. La chica de la mirada triste ha desaparecido de repente, como si se hubiera desvanecido en el aire. Al cabo de un rato comienza a aburrirse, por lo que decide marcharse a casa. Tenía la esperanza mientras iba de regreso de tropezarse con el querido accidente, pero en verdad nada pasó. En el apartamento se quitó la ropa y se metió en la cama. Se propuso soñar con marsupiales, pero sólo conseguía recrear paisajes de campo con hierbas secas. Perdió la noción del tiempo. Entonces abrió los ojos en la oscuridad y pensó en el viejo. En su pregunta. En esa mini conversación para siempre extraviada en la maquinaria sucesiva del mundo. De golpe supo que no dormiría bien. En la ventana abierta se veía a lo lejos cómo la luna bañaba muy oronda los edificios financieros.

4 de octubre (día 35)

En este, su cuarto día en Adelaide, Perache se encuentra en una librería del centro, ha estado hojeando varios libros, sobre todo las últimas novedades francesas y ha estado leyendo las contracubiertas. Entonces, en uno de los pasillos, encuentra su propia novela tunecina, traducida al inglés. Sin duda, adquirir el premio Renaudot brindaba este tipo de beneficios, como el de ser leído en otros idiomas. Se da cuenta de que es la primera vez que tiene en sus manos la traducción inglesa. Lee la nota de contracubierta. Al final de la descripción se lee: *his last novel*. A Perache siempre le gustó el idioma inglés y sabe muy bien que hay una gran diferencia entre *last* y *latest*. Se pregunta por qué no han puesto *latest*. Es un poco tarde de todas maneras, piensa, para hacer algún cambio. De vuelta a la pensión de Schulz, en vez de trabajar en la novela, se pone a leer poesía francesa y escribe algunos poemas en inglés, que luego tira a la basura. En la noche, después de la cena, se queda hojeando la guía telefónica de Adelaide (es menester aclarar que Perache había adquirido la costumbre, desde hacía años, de buscar las guías telefónicas cada vez que viajaba al extranjero, como una especie de pasatiempo, buscando nombres o coincidencias) y mientras está leyendo la guía, se le ocurre buscar a las personas que aparezcan también con su apellido, y entre todo aquel enorme listado de números y nombres encuentra a dos Perache. Walter y John. Por azar, elige al que se nombra Walter, y decide telefonearle. Después de unos tres timbres el mencionado Walter sale al habla. Después de saludar y presentarse a sí mismo, Perache le dice que le ha llamado porque presiente que ambos tienen algún parentesco familiar. La voz al otro lado del teléfono le dice que no puede asegurar tal vínculo, pero que tal vez su hermano Kurt tenga más información acerca de esos temas de las raíces. Para sorpresa de Perache, y contra todo pronóstico, la voz le dicta el número de Kurt. Se la pasa haciendo árboles genealógicos en casa, dice Walter Perache antes de colgar. Entonces Perache llama a Kurt y quedan para verse al día siguiente.

5 de octubre (día 36)

El encuentro tuvo lugar en un café judío en el centro de la ciudad. Kurt Perache era amable y con un gran don para la conversación. Estuvieron un rato discutiendo los posibles vínculos y ambos se contaron las respectivas historias de vida. Kurt, fascinado, invitó a Perache a cenar en su casa y de paso mostrarle los árboles genealógicos que ha hecho. Al caer la tarde, mientras iba viendo las ramificaciones ancestrales de su apellido, Perache comenzó a sentirse mal. Un cansancio extremo, el mismo sudor frío en la espalda y la frente. Pidió disculpas y tuvo que sentarse. Los árboles estaban bien diseñados, pero a pesar de las rigurosas explicaciones de Kurt, Perache dudaba de la veracidad de aquello. A la hora de cenar, los dos Perache continuaron hablando sobre el posible parentesco y la diáspora de las familias entre Francia y Australia. Después de algunas horas intentando dilucidar el tema y llegar a algún lado, concluyeron que no estaban relacionados. De regreso en el bus, Perache recordó algo que el otro Perache le había dicho en la cena acerca de Australia: "desde este lado, mi amigo, el mundo natural está sorprendentemente al revés, por ejemplo, el sol está al norte, por lo que la gente tiene que ir al sur si quiere un clima más fresco, y así con todas las cosas".

6 de octubre (día 37)

Perache se levantó por la mañana y decidió que la novela tendría dos grandes partes. De 13 y 15 capítulos respectivamente, en donde la segunda parte sería un intento de desmontar todo lo establecido en la primera. La primera sección, pues, estaría narrada por un profesor de matemáticas francés que vive en la ciudad ficticia de Grianta, al norte de África, y que busca las pistas de Serval, el novelista desaparecido. La segunda parte entonces tendría que estar narrada por alguien que de alguna manera fuese capaz de borrar cualquier recuerdo o veracidad acerca de Serval y de todo lo dicho en la primera parte. Parecía una buena idea. A partir de haber pensado tal estructura se sintió de buen ánimo, se hizo un té de manzanilla con un bocadillo de jamón y se puso a trabajar en el libro y a ordenar las cuartillas redactadas a partir de esta idea.

7 de octubre (día 38)

Perache emprende en la noche el regreso a Brisbane. Esta vez ha reservado un vuelo de avión porque se siente muy extenuado como para viajar por tierra. Quizá sea el sol australiano, piensa.

8 de octubre (día 39)

Perache ha regresado a Brisbane en la tarde. De camino a la pensión, los edificios y los grupos de casas del centro emergen ante sus ojos desde un álgebra fatigosa que aniquila sin explicación cualquier principio de esperanza. El dolor en la pierna derecha persiste, así como el entumecimiento del muslo, pero Perache ha evitado a toda costa pensar en ello. Esa tarde almorzó en una pizzería, y luego, emprendió la marcha hacia Spot Flats. Para esta fecha ya tiene escritas 88 páginas manuscritas del libro. En este punto se puede decir que en el libro se narra la historia de un narrador que está narrando la trama de un libro dentro de una novela y, cuya trama, a su vez también nos es narrada. O dicho en otros términos, el narrador narra pedazos de un libro llamado *La cripta* de un tal Serval en el que, a su vez, aparece un personaje llamado Serval que investiga un crimen en una ciudad ficticia, y este Serval detective encuentra pistas de este crimen en una novela policíaca titulada *Los jueces son los culpables*, cuyo autor es un sujeto llamado

Lawrence Redgrave; un libro que a su vez conduce a otras tramas de persecución en París y Nueva Zelanda. Y por otro lado, aparece una segunda parte que desmantela lo dicho en la primera, y que todavía Perache no ha logrado definir bien.

Una nota en la noche:

Mi estancia aquí está llegando a su fin. Casi tres semanas de viajes que en algún punto me han deprimido porque sólo pienso en 53. En terminarlo.

9 de octubre (día 40)

Ya no podía andar y ver las cosas de la misma manera. Sólo registraba. Como esas cámaras de seguridad de los hoteles. Un registro del paisaje sin sobresaltos y sin sorpresas. Y pensó que hubiera sido genial haber escrito una novela-registro, por ejemplo, de varias situaciones humanas. Imaginó por ejemplo, una novela-registro de un sólo edificio parisino en donde, al igual que algunas casas de muñecas, uno puede quitar la parte frontal y queda el resto al desnudo. Cada una de las vidas y no vidas de sus inquilinos donde lo general se transmutaría en lo concreto y lo particular en lo general, y todo eso desde la simultaneidad que puede lograr el arte del inventario. Escribir, por ejemplo, una novela donde se pudiera describir la trama de 99 habitaciones de un edificio parisino en el transcurso de un segundo. Si es que eso es posible en la literatura. No en un lapso narrativo de años, o minutos, sino en un segundo. Quién sabe. Quizá hasta hubiera podido ganar un premio Goncourt. Pero quizá sea un poco tarde, pensó, mientras iba saliendo de la consulta del hospital Royal Brisbane. Había empezado a escupir sangre tras una tos persistente en la mañana. Remisiones para las áreas de neumología, otorrinolaringología y oncología. Remisiones que tendrían lugar en París, el próximo año. Citas como siempre alargadas en el tiempo por la burocracia. En un brevísimo instante tuvo la impresión, como por asalto, y en una mezcla de aturdimiento y lucidez, que jamás escribiría la novela en 53 días. Pero, por suerte, había sido sólo por un instante. Sin embargo, Laurent, su editor desde París, debido a la demanda persistente de los editores estadounidenses, le venía presionando varias semanas para que le mandara los últimos capítulos de la novela del Oeste *Rosaura*, que Perache le había ido entregando por plazos desde que firmaron el contrato editorial en el verano de 1980. Había leído toda la correspondencia de Laurent, pero la había ignorado deliberadamente durante el tour. Decidió pues, en otro asalto extraño de lucidez, volver a fumar, por lo que bajó a la tienda de la esquina, compró una cajetilla de cigarrillos suaves y después de hacerse un café, se sentó en el escritorio para completar el capítulo 28 de la novelita de tapa blanda.

Entonces en un arranque, Lindley entró en la habitación y no encontró nada de lo que había oído en el bar. Sólo las medias de encaje de Rosaura, dos vasos vacíos y un sombrero que no era ninguno de los suyos. Pero aquel paisaje era suficiente. Cerró los ojos. Y pensar que había desertado en aquella batalla sangrienta de Austin para ir al encuentro de los brazos de ella. Maldita, siguió diciendo mientras se ajustaba el cinturón y salía con pasos apresurados de la pensión. Ella necesitaba desesperadamente alguien que la ayudara a salvar su rancho. Por desgracia, a pesar de su experiencia en la guerra, Lindley sabía más de inversiones y negocios que de conducir reses y arreglar techos. Aún se acordaba de su primer encuentro. Una sola sonrisa de Rosaura, y estuvo dispuesto a intentar cualquier cosa, aunque eso significara arriesgar el cuello y el corazón. Había huído de su regimiento porque pensaba en ella y en las reses desatendidas, porque era necesario estar ahí. Ahora no respiraba bien. Montó en el caballo y partió hacia Capeside City. El viento le daba en la cara y levantaba un polvo rojo que se fundía con el rojo del horizonte…

10 de octubre (día 41)

Esa mañana al despertar notó que respiraba con mucha dificultad. La sensación en el pecho era la de estar encerrado en una armadura de hierro y sólo pudiera respirar por unas pocas ranuras. Y la impresión que tenía era que esas ranuras parecían encogerse de manera casi imperceptible cada día. Al menos, el dolor en la pierna había cedido. Sin saber por qué, le entraron ganas de buscar a María, ir de nuevo a aquel barrio de las postrimerías a buscarla, pero se contuvo. Permaneció en la cama un buen rato hasta que tuvo fuerzas para levantarse y asearse. Para su sorpresa, justo cuando se disponía a salir esa tarde a caminar por el río le llamaron desde la recepción: había recibido una carta de Pauline desde París. En ella le solicitaba amablemente proceder con los papeles del divorcio. Llevaban más de diez años separados y sin convivir juntos, pero todavía estaban legalmente unidos en los papeles. En ese sentido, ninguno de los dos se había preocupado por esas cuestiones, casi como si les diera igual la separación en términos jurídicos. En definitiva, aquello ya estaba muerto desde hacía tiempo. Sin embargo, de repente Perache sintió un pequeño halo de tristeza, muy ligero; lanzó una mirada a las aguas del Brisbane y subió de nuevo al apartamento para contestarle. Le escribió que sin ningún problema apoyaba lo que hubiera que hacer y estaría pendiente del proceso. Pensó también en María, quizás estuviera siendo apaleada de nuevo en otro performance, o quizás se hubiera marchado de Australia para iniciar otra vida. En la noche la respiración había mejorado y se abocó a la terminación de la novela de vaqueros.

11 de octubre (día 42)

Esa noche soñó que soñaba que andaba por una calle llena de nieve dentro de una ciudad desconocida y veía o le parecía ver a una niña dando pasos agigantados en dirección a él, a medida que se acerca hundiendo sus piecitos en la masa blanca, el rostro de la niña le resulta familiar, es la niña del estrabismo de Venus que él solía perseguir por las aulas del liceo Claude-Bernard para molestarla y jalarle las trenzas, y que en las noches antes de dormir, sin embargo, dibujaba y pretendía congelar para siempre en cada uno de sus detalles, en especial el estrabismo de sus ojos. De repente ya no hay nieve, la niña se ha ido en un soplo, y la ciudad comienza a esfumarse y a convertirse en un enorme paisaje rocoso, luego, en una especie de campo de tenis que se alarga kilómetros y kilómetros, todo se hace oscuro encima de aquel descampado y en el cielo no hay estrellas sino diferentes medusas de un azul fluorescente que van moviéndose como una caricia lenta dentro de un mar invisible. Ahora él es un viejo decrépito y sin fuerzas en el campo de tenis cuando aparece una muchedumbre infinita de personas también allí, a la espera de ser succionados por las medusas que van aterrizando sobre la pista, entonces divisa de nuevo a la niña a unos metros, quiere alcanzarla antes de que lleguen aquellas cosas del cielo, sabe en su fuero interno que esas criaturas son la Muerte, bellas y frías transfiguraciones de la Muerte, pero la niña del estrabismo de Venus se pierde como un cuerpo más entre la multitud desenfrenada y caótica, y él no tiene fuerzas debido a la súbita vejez por lo que se desploma en el césped, y casi puede escuchar las risas de alegría mezcladas con terror de la gente ante el roce del azul fluorescente, entonces despierta en la cama, pero no la de su pensión en Brisbane, sino que ha despertado en la habitación de un castillo olvidado en las afueras de Francia, lleno de ratones y actores de teatro. Está lloviendo afuera y los actores, vestidos con mallas negras y estampas de flores rojas, se sientan con él en la cama y le dicen qué tal Perache, hablemos de ratones, y Perache despierta.

12 de octubre (día 43)

Aún con los vestigios del sueño en su cabeza, Perache ha estado el resto del día pensando en su infancia, en el liceo Claude-Bernard y en la niña del estrabismo de Venus. Intenta en vano recordar su nombre. La recuerda con una cara redonda, la tez muy blanca y los ojos como si fueran dos puñaladas en una manzana. El pelo castaño claro en dos trenzas. La recuerda metida en un tanque de agua, como si fuera una mini piscina. La recuerda una tarde en la escuela, en el patio de recreo llorando. Y él diciendo no llores, ¿por qué lloras Lídice? Al final le vino el nombre. Lídice. Los padres eran emigrados de Checoslovaquia y le habían puesto así en homenaje al pueblo arrasado por los nazis en 1942, un pueblo que desapareció de la tierra como parte de las represalias por la muerte de Heydrich, fruto de un atentado a manos de la resistencia checa. Todo el día estuvieron en su mente las preguntas en el patio de recreo: por qué lloras Lídice, por qué, y la imagen empañada de la niña inconsolable. En la noche quiso trabajar en 53, pero le fue imposible. Así que se quedó sentado en el sofá, viendo un canal sobre marsupiales en la televisión.

13 de octubre (día 44)

En la mañana, en una librería del centro, Perache ha comprado varios libros. *Paraíso perdido*, de Milton, *Las cosmicómicas*, de Calvino, y un libro de mitología griega. No sabe por qué, pero desde hacía mucho tiempo tenía ganas de leer algo sobre los griegos. En la noche ha realizado algunos progresos en su novela. Ha delineado mejor los escenarios y personajes, sobre todo la parte de Nueva Zelanda y París. Sin embargo, sobre la medianoche, está acostado en la cama mirando el cielorraso. Tiene sueño. Está cansado. Pero por más que intenta no puede dormir. Al principio, al cerrar los ojos, se suceden una serie interminable de imágenes, como cuando alguien en un laboratorio de animación va soltando las páginas dibujadas para que la caricatura adquiera movimiento. Perache no puede distinguir las imágenes, se suceden demasiado rápido, y aquello comienza a alterarle. Deja pasar un rato y luego adopta su posición favorita para dormir, de costado. Dormir boca arriba siempre le recordaba a los muertos en los féretros, y por otra parte, dormir boca abajo le parecía similar a los animales despreocupados de todo. Sin duda, la posición de costado era para él la posición más humana de todas, y la que prefería. Pasados unos minutos, al girarse a la derecha siente pum pum en su oreja izquierda pegada a la almohada. Se gira al otro lado y lo mismo. Aunque esta vez el tan molesto latido se extiende a la cabeza: pulsaciones a intervalos en ambas sienes, de una manera constante y regular. No tarda en comprobar que la culpa de su insomnio es su corazón. Se da cuenta de que el estar vivo es el verdadero problema. Y le viene a la mente un minicuento que leyó hace mucho tiempo, no recuerda de quién, de algún autor latinoamericano sin duda, donde un sujeto como él no logra dormirse y al final, en un último acto de desesperación, se mata, pero al hacerlo tampoco se duerme. Por lo que matarse, concluye Perache, no soluciona nada. Da vueltas en la cama. Suda un poco. Se entretiene ahora sincronizando aquel infernal latido con el tic tac del reloj de la cocina. Entonces la repetición del contrapunto armónico de ambos sonidos hace que vaya conciliando el sueño poco a poco.

14 de octubre (día 45)

Es miércoles y Perache se ha quedado durmiendo buena parte del día, debido al insomnio de anoche.

15 de octubre (día 46)

Esa mañana se la ha pasado completando y corrigiendo la novela de vaqueros, ya está casi lista. A su entender, nada más necesitaría una última revisión para luego entregarla a Laurent. En la noche ha salido a cenar a una pizzería con Raymond y su esposa. Ya no ha vuelto a aparecer el malestar de los latidos a la hora de dormir.

16 de octubre (día 47)

Esa mañana se ha levantado y ha escrito en la Olivetti ET 221 un poema univocálico, es decir, ha escrito una serie de versos que solo tienen una misma vocal, en este caso, solamente la O. Las primeras líneas comenzaban así:

Poor Morton Longford, so cold, took two months of non food, got two frogs, so long now, poor Morton…

En la noche, después de comer una ensalada con atún, quiso trabajar un poco en *53*, pero se dio cuenta de que lo que deseaba en ese momento era escribir otro poema univocálico. Igual en inglés. Esta vez quiso experimentar con la A.

A calm, vast grassland spans afar,
A stark path, vast as a canvas,
A dark charm, what stars cast,
A sharp shaft, a vast arc,
A vast path, half-far, past harm.

Antes de acostarse, se sintió mal consigo mismo al no poder adelantar en el proyecto como hubiera deseado. Cerca de la medianoche tiró los dos poemas a la basura y se fue a dormir.

18 de octubre (día 49)

En poco más de dos días partiría de regreso a Francia. Comenzó a cerrar todos los pendientes en la universidad y en la pensión. Para entretenerse se puso a ordenar también la maleta. Lleva consigo el manuscrito de 53 y el de la novela de vaqueros. Hacia el mediodía envió un telegrama a Laurent sobre su regreso. Todavía sigue con dolor en la pierna derecha. Sin embargo, el silbido del pecho ha desaparecido. No hizo mucho más en la tarde. Una nota en el cuaderno antes de dormir:

De lo que se trata es de una novela que esté completa e incompleta. Una novela batería. Que sostenga algo más allá de los libros y la lectura misma. Hacer una *bildungsroman*.

19 de octubre (día 50)

Ese día Raymond organizó una fiesta de despedida a Perache en su casa, junto con los otros colegas del departamento de francés. Como una especie de clausura informal de la estancia. Había diferentes bebidas y bocadillos, varios académicos y también los hijos de Raymond y de otras familias correteando por el patio bajo el suave sol de la tarde. Perache se veía algo vacilante, nostálgico e incómodo. Entonces, casi de la nada, aparecieron unos periquitos muy verdes que se lanzaron para comer migajas del pan que sostenían las manos de Perache: los pequeños seres alados se posaron sin más en sus hombros y en el cabello, como si pensaran que era un nido, bajo el cual un semblante gris y cansado se iba iluminando, como el de un niño feliz.

21 de octubre (día 52)

Casi medianoche. Perache abandona Australia desde el aeropuerto de Sidney habiéndose quedado exactamente 53 días. Pero no ha podido completar su cometido. Solo tiene 92 páginas y más de 100 anotaciones y guías para el trabajo posterior. El vuelo de regreso transcurrió sin complicaciones, e incluso pudo dormir como un bebé. En el aeropuerto Charles de Gaulle lo recibieron Laurent y otro colega de la redacción. Al saludarlos lo único que pudo decir Perache en ese momento fue: "El sol de Australia me ha sentado fatal".

Ya en su apartamento, decidió dedicar los primeros días a descansar y recuperarse. El siguiente fin de semana, aún no recuperado del todo del jetlag, fue a cenar con Eli a un restaurante parisino del centro. Se pusieron al día, aprovechando una breve estancia de su hermana en París por cuestiones de trabajo. Perache tomó su cantidad habitual de vino y, apurando el último trago, lo acompañó con lo que Darko le había indicado era la mejor solución para el jetlag: una píldora para dormir. Eli la había mirado: era una enorme pastilla de color verde, y se inquietó un poco. Pero Perache la tranquilizó diciéndole que aquello no era nada, que era algo necesario en ese momento. Era verdad que se sentía cansado y algo pálido, pero una vez más, le echó la culpa al "maldito clima australiano". En el futuro se cuidaría mejor, le prometió.

Noviembre

Ahora que estaba de regreso en su casa de París, comenzó a imaginar que compraba un piso más grande, donde hubiera diferentes habitaciones para sus creaciones literarias. Una sala para novelas, otra para cuentos, otra para poemas y quizá otra para hacer puzzles. Siempre había creído, como Guy Debord, que los espacios eran psicogeográficos y por tanto, podían determinar los sentimientos y la forma de pensar. En este tiempo, a instancias de Laurent, se dedicó a hacer algunos viajes al interior de Francia para participar en algunas charlas sobre literatura. Entregó a imprenta la novela *Rosaura* y le fue encargada la creación de otra novelita de vaqueros. A diferencia de los años anteriores, Perache decide esta vez pasar la Navidad con su familia (básicamente sus tíos adoptivos y Eli) en Chambroutet. Durante la pequeña gira de ocho días por el interior (que sin mucha lógica geográfica pasó por la Bretaña, Lille, el Loira y Perpignan), Perache llevaba consigo el manuscrito de *53* y trataba todo el tiempo de ocultar frente a los colegas de gira su ansiedad, ante la posibilidad de perder en el trasunto de viajes el maletín con los papeles. Después de cada charla regresaba a su habitación de hotel y se abocaba al trabajo de *53*, al tiempo que hacía lo posible por conocer un poco las calles y la vida de cada uno de los pueblos. El ambiente era tranquilo, y la gente muy cálida. Mucho más cálida que en París. Casi todos los días de esa semana vieron a Perache yendo y viniendo con su equipaje de un hotel a una estación y de una estación a un hotel, y fue entonces que volvieron los dolores en la pierna derecha. Por otra parte, le había empezado también un resfriado persistente que hacía resistencia a los antihistamínicos y otras píldoras para la gripe. En ese mes su relación con Eli, siempre distante en el pasado, se había estrechado más, y le enviaba postales desde las diferentes regiones donde se encontraba, y en muchas de ellas daba su habitual informe negativo: *je suis mal fichu*. Tengo a veces los oídos tupidos y la voz medio ronca, pero no te preocupes, ya he dejado de fumar y tengo bien los ánimos para hacer todo, decía más o menos al final de cada misiva para calmarla. Se puede decir que el mes de noviembre pasó ante sus ojos como una película a gran velocidad, entre sus fantasías inmobiliarias, la pequeña gira de los conversatorios y el nuevo encargo editorial.

2 de diciembre

Ya de vuelta en París, y sintiéndose otra vez mejor de salud esa mañana, se sentó cerca de la ventana con su libreta de notas y divisó de pronto a un hombre sentado, al igual que él, en una silla al lado de la ventana, en el edificio de enfrente. Este hombre, notó Perache, también tenía una libreta de notas y estaba escribiendo algo. Perache tomó su catalejo, que había adquirido en Túnez hace años, y pudo observar mejor a su vecino. En primer lugar, se da cuenta de que nunca había visto a ese hombre antes, quizás se había mudado a ese piso mientras él estaba en Australia. El hombre está sentado junto a un armario de madera lleno de libros y un globo terráqueo encima. Perache intuye que aquel sujeto también es escritor. Su manera de vestir, la mirada atenta sobre el papel, sus lentes, sin duda debe ser un escritor o tal vez un profesor o tal vez ambas cosas. El hombre escribe fría y metódicamente sobre el papel. Perache lo ve llenar hojas y hojas de frases uniformes, y durante varias tardes comienza a ver un manuscrito que crece y crece en una pila ordenada de folios de manera simétrica. Perache observa aquello con su catalejo y concluye que aquel es un escritor de los que él denomina "productivo", esos autores de éxito que suelen terminar las obras a tiempo, una raza de escritores que Perache siempre ha tratado con desdén. Para Perache este tipo de escritor no es más que un artesano hábil. Un artesano siempre con buena salud que solamente escribe libros en serie para el gusto "chocolate" del público. No obstante, ahora, además del desdén, Perache siente una especie de envidia. Una envidia relacionada con la seguridad manifestada por el otro, seguridad sobre el proceso de escribir, y la envidia se transforma casi en admiración, porque aquel escritor es capaz de comunicar con confianza y capaz de darle a los lectores lo que los lectores esperan de él. Por un momento Perache quisiera ser sólo ese escritor. Intenta hacer caso omiso, aparta el catalejo y se dedica a escribir y enfocarse en sus propias notas.

Luego va a la cocina por un té y vuelve a su puesto. Al cabo de una media hora levanta la cabeza un momento y se da cuenta de que el otro está observándolo también con un catalejo. Inmediatamente Perache hace como que no ha advertido nada, y sigue en lo suyo. Resulta que el escritor productivo está mirando a Perache, y siente que aquel sujeto de aspecto enfermo, lleno de verrugas en la cara, sin gafas y con el pelo desordenado pertenece a esa raza de escritores que él denomina "atormentado" o "caótico": esos autores de poco éxito, que apenas escriben y nunca entregan sus obras a tiempo a las editoriales. El escritor ordenado siente desdén por el escritor caótico, resulta que, incluso, ha leído algunas de sus obras experimentales y le parecen inconsistentes, nunca alcanzando el punto de lo que quieren decir; luego lo observa comiéndose las uñas, rascarse el pelo, ponerse de pie y hacerse un té, coger de repente un libro de Rilke y sentarse en la silla escribiendo apenas unas líneas en el papel, tachando algo y luego mirar para cualquier lado y no puede evitar sentir también envidia. Observa cómo el escritor caótico se levanta y pone un disco de Django Reinhardt, busca una palabra en el diccionario (seguramente una palabra que nada tiene que ver con lo que está escribiendo), lo ve hacerse un té de nuevo y seguir escribiendo y tachando y percibe que este sujeto atormentado y enfermo escribe porque está buscando algo que no se sabe muy bien qué es o a dónde lo llevará. Una lucha contra los demonios internos, una escritura ligada a la vida que es como caminar sobre una cuerda en el abismo, y el escritor más ordenado siente que en ese sentido su propia obra es algo limitado, superficial, y casi puede sentir una admiración por el otro. Por un momento quisiera ser aquel escritor. Perache, sin embargo, continúa escribiendo en su novela policíaca y haciendo sus cosas, intentando no estar nervioso por la mirada del otro. Así pasan los primeros días de diciembre los dos escritores: espiándose mutuamente y escribiendo en sus diferentes ritmos.

10 de diciembre

Debajo del condominio del escritor productivo, justo al lado, hay un café. Perache toma el catalejo y observa a una joven sentada afuera en una de las sillas, tomando el sol y leyendo un libro. No logra identificar de qué libro se trata. Qué ensimismada se ve, piensa Perache, con qué gesto febril va pasando las páginas. Seguro está leyendo una de esas novelas edulcoradas del escritor de enfrente y que siempre captan a los lectores. Perache se da cuenta de que quiere ser leído como lee aquella joven. Y decide empezar a escribir una especie de relato, quizá una futura novela, quién sabe, un texto como lo escribiría el escritor productivo. Su experiencia en las novelas del Oeste sin duda le serán de ayuda en su nueva tarea. Dirige una rápida mirada a su *53 días* sobre la mesa. Luego escribe compulsivamente las primeras líneas del nuevo texto. En cambio, debajo del edificio del escritor atormentado, hay otro café. Esa misma mañana, el escritor productivo ha observado con su catalejo a la misma muchacha, sentada en una de las sillas afuera, tomando el sol y leyendo un libro que él tampoco puede dilucidar cuál es. En ese momento piensa cuán ensimismada se ve, como si aquellas páginas fueran a revelarle una verdad última. Seguro está leyendo una de esas novelas oscuras hechas por gente caótica como su vecino. De inmediato decide transformar la obra que estaba escribiendo y comienza a completar una novela como la hubiera concebido el escritor atormentado. La chica por su parte, ha estado muchas veces en ambos cafés, leyendo y tomando el sol.

24 de diciembre

Al cabo de dos semanas, la víspera de Navidad, ambos escritores han decidido abordarla. Primero acude el escritor productivo y con algo de timidez le muestra el manuscrito a la joven. Le deja dicho que ha estado observándola desde su ventana y dado que siempre anda con un libro en la mano, ha decidido bajar y mostrarle un relato para conocer su opinión. La joven está sorprendida, tiene los ojos abiertos y sus mejillas se enrojecen. No obstante, acepta el texto, le promete que lo leerá y en cuanto lo termine le escribirá a la dirección que el escritor productivo le ha proporcionado antes de irse. Perache ha acudido también al café a otra hora y aborda a la chica. Podemos decir que sucede lo mismo: el escritor le dice que la ha observado, que quiere que ella conozca un texto que está trabajando y las mejillas de la joven se enrojecen de nuevo, etc. Perache se retira feliz a su apartamento, pero luego piensa que aquello no tiene ningún sentido, que en realidad debería aprovechar mejor el tiempo. También es preciso añadir que el mismo Perache aún no tiene conciencia de que morirá pronto, aún su conciencia se encuentra en el mundo como siempre, y de hecho se siente más o menos igual, como antes de viajar a Australia. A excepción de un leve dolor en la parte baja de la espalda y alguna que otra tos con pequeños puntitos de sangre, en general todo en su cuerpo funciona bien y está como siempre. En la tarde dispone todo para hacer el viaje a Chambroutet.

1982

Inicios de enero

Durante los primeros días del nuevo año, la joven lee los dos manuscritos, algunas horas dedicadas a uno y algunas horas al otro. A medida que va leyendo, su rostro asume un semblante de sorpresa. Una mañana Perache está pasando cerca del café debajo de su casa y la chica comienza a llamarlo desde una de las mesas. Al acercarse, la joven le dice de manera jocosa y con una voz subida de tono: ¡pero si los dos han escrito el mismo libro! Le explica que un escritor que vive frente al café le ha entregado también un manuscrito para que le diera su valoración, y aún no termina de leerlo todo, pero que tanto la forma como el contenido de ambos textos son casi idénticos. Perache no da crédito a lo que está escuchando. Después de intercambiar otras palabras banales con ella, se despide de repente y regresa a su habitación. La cabeza le da vueltas. Cómo es posible que aquel sujeto haya escrito lo mismo. Imposible. Quizás se metió en el apartamento cuando no había nadie, pensó. Eso pudiera ser. Entonces comienza a vigilar la ventana del escritor ordenado. Se da cuenta de que no hay nadie. De hecho, hace varios días que no lo ha visto. Incluso, el armario de fondo con el globo terráqueo también ha desaparecido. Tras 48 horas de la misma ausencia decide de todas maneras entrar a aquella habitación y confrontar a su vecino. Cruza la calle e intenta entrar al edificio. Percibe que aquel condominio está abandonado. Hay una cinta amarilla de restricción en la puerta principal que se le había escapado a la vista y un cartel que dice *En vente*, con grandes letras negras debajo de la misma fachada.

De vuelta a su habitación, se acuerda de la chica y toma el catalejo y enfoca la mirada en el café para ver si se encuentra allí. Nada. Al otro día, después de lavarse un poco la cara y hacerse un té, repite el ritual en la ventana y sigue sin ver a la joven o al escritor productivo. Las semanas siguientes transcurren sin que ninguno de los dos aparezca. ¿Cómo es posible que hayan desaparecido todos así de repente?

20 de enero

Esa mañana Perache se ha levantado con la intención de hacer un inventario. Un registro a partir de ese momento de todo lo que ha comido en el día. Porque hay que detenerse en lo que nadie se detiene, en todo eso que escapa a la mirada. Luego se da cuenta que es mejor tratar de registrar todo lo que ha comido en el año entero que ha finalizado. Empieza primero por recordar lo que ha ingerido ese día. En noche puede leerse en uno de sus cuadernos:

Desayuno (9:10 a.m.):
Tazón de avena caliente con 1/2 taza de avena.
1 plátano en rodajas y 1 cucharada de nueces picadas.
Tostadas con 2 rebanadas de pan con 1/2 tomate en rodajas.
Café con 1 taza de leche de soja.
Media mañana (11:14 a.m.):
1/2 taza de yogur, con una manzana cortada en rodajas con 2 cucharaditas de mantequilla.
Almuerzo (1:00 p.m.):
Ensalada de quinoa con 1 taza de quinoa cocida, vegetales asados y aderezo de limón y aceite de oliva.
Sándwich con 2 rebanadas de pan, 2 lonchas de pavo y lechuga.
Té negro (1 taza).
Merienda (4:00 p.m.):

Puñado de almendras (1/4 de taza) y arándanos secos (2 cucharadas).

Cena (7:00 p.m.):

Sopa de verduras casera con 1 taza de caldo y 1/2 taza de garbanzos.

28 de enero

Perache, a pesar de un leve dolor en la pierna, ha salido a la calle para tomar el sol. Antes ha revisado el correo en la entrada del edificio y ha recibido los papeles de divorcio enviados por Pauline. Ha decidido dejarlos en el buzón y recogerlos cuando regrese del paseo. Mientras andaba caminando por la ribera del Sena se ha encontrado por azar con uno de los estudiantes del curso de literatura en Australia. Al parecer el joven ha visitado París para ver a unos familiares. Perache se sorprende al verlo y se quedan hablando un rato. En un punto el estudiante le pregunta qué tal el tour y su visita al continente. Le hace notar que luce más cansado. Perache se encoge de hombros y con una leve mueca sólo dice: *C'est l'Australie qui m'a foutu mal!*

Debido a los dolores en la pierna derecha y un malestar en la cadera, ha tenido que regresar sin haber caminado lo suficiente. Recogió los papeles del divorcio y, mientras tomaba un té de hierbas, los ha firmado. En la noche ha continuado trabajando en el libro, pero encuentra dificultades en la segunda sección, sobre todo, se ha dado cuenta de que le resulta en extremo difícil el objetivo de deconstruir literariamente la primera parte.

9 de febrero

Sobre el mediodía, Perache ha ido a la cita del médico que había concertado meses atrás en el hospital de Brisbane; le preocupan no sólo las afecciones que ha estado padeciendo en su cuerpo, sino también varios episodios de delirio. En el Hospital Quirúrgico de Ivry le atendió un médico de unos cuarenta años, bajito y de rostro amigable, de apellido Dumont. Sin dejar de sonreír, el doctor Dumont invitó a Perache a sentarse y comenzó a hacerle una serie de preguntas de rutina: nombre completo, edad, estado civil y profesión. El médico iba anotando los datos con una mano nerviosa de dedos inquietos, aunque también una mano que se presentaba a la vista de manera amable. En ese instante, Perache pensó que justo esa era la actitud por antonomasia del doctor: un cierto estado de inquietud amable, una especie de angustia condescendiente. Bien —dijo el médico rompiendo el hielo— he leído los informes que me han enviado de Australia. Le haremos algunas pruebas más para ir descartando cosas. Perache asintió. ¿Podría repetirme los síntomas que tuvo en Australia? Perache los enunció mientras el médico seguía escribiendo. Fatiga, tos con sangre, sudor frío, el dolor en la pierna, los delirios: decidió contarle la situación que le había ocurrido con el vecino imaginario. Asumo que usted también fuma ¿no?, dijo el médico. No, hace tiempo que lo he dejado, aunque hace poco lo retomé, un día nada más para ser exactos, dijo Perache. Pues, es preciso que lo dejemos de manera definitiva, dijo el médico. Aquí le he indicado varios análisis, entre ellos, una biopsia y radiografías de tórax para el día 12 y nos vemos en mi oficina el 18 de febrero. Perache tomó el papel y preguntó el porqué de la premura y de tantos estudios, que si todo estaba bien. Aún no podemos determinar con exactitud hasta que no veamos los resultados, dijo el médico mientras hacía movimientos de izquierda a derecha en su silla giratoria.

12 de febrero

Los análisis fueron en el mismo Hospital Quirúrgico de
Ivry. A las 8 y 30 de la mañana. Le tomaron primero dos tubos
de sangre. Más tarde hicieron pasar a Perache a una sala de
azulejos color beige en donde había en el centro una enorme
máquina casi salida de una película de ciencia ficción, sobre
una cama metálica. Se acostó, y luego la máquina hizo unos
ruidos extraños y emergieron y desaparecieron diferentes lu-
ces. Al salir del hospital comenzó a pensar en Australia. Se dio
cuenta de que en verdad se había aburrido de aquel continente, de que ese lugar en realidad no le había aportado mucho,
de que no había avanzado todo lo que hubiera querido avanzar, de que ha malgastado el tiempo con tantos viajes y visitas.
En fin, una constelación de hechos y relaciones sin sentido.

18 de febrero

Perache saludó al doctor al entrar y notó que sus radiografías y análisis estaban encima de la mesa. Ya pudo ver mis
resultados, dijo Perache. Sí, asintió Dumont, pude verlos. Se
hizo un breve silencio. Bueno —siguió diciendo en un tono
dubitativo pero sin abandonar la benevolente inquietud—,
esto no es nunca sencillo de decir, tiene usted un tumor. Una
especie extraña de linfoma que se ha extendido hasta el área
de los pulmones. Tal vez, si se hubiera analizado unos meses
antes. Está en fase IV. Disculpe que se lo diga sin rodeos, pero
es mejor así, y de paso nos sentamos a evaluar las posibles
soluciones, no se preocupe. El *no se preocupe* sólo podía con-
firmarle a Perache la intuición de que aquello quizá no tenía
salida posible. Escuchó en silencio todo lo que le dijo el médico y a éste le sorprendió la pasividad con la que su paciente
reaccionaba al diagnóstico. Tuvo la impresión de que, mientras hablaba, su paciente no oía ni estaba ahí, como si se tra-

tara de alguien en estado vegetativo. Justamente los episodios de delirio, terminó diciendo a manera de conclusión, tienen que ver con esto, muchas veces resultan ser el primer síntoma de las afecciones oncológicas. Perache levantó la mirada: ¿qué posibilidades tengo? Bueno, lo primero que hay que decir es que no es posible hacer una neumonectomía, dijo el doctor Dumont. ¿Neumonectomía? Sí, la ablación del pulmón afectado. Desgraciadamente no podemos hacerla dado el estado de avance del tumor. Haremos otros análisis para confirmar, pero parece que se ha extendido hasta el páncreas. Tenemos que empezar de inmediato la quimioterapia, creo que eso pudiera darle un poco de tiempo. Aunque, debido a que ya no es posible una radiación local, esto hace que la calidad de vida descienda, seguro usted lo sabe. De igual manera existen algunos tratamientos paliativos para los dolores que le recetaré hoy mismo, *no se preocupe*. Aquellos tres grupos de palabras ya comenzaban a molestarle de veras. Entonces en porcientos, ¿cuántas posibilidades tengo?, insistió Perache. Bueno, seré sincero, con la terapia entre 10 y 15%, dijo Dumont. Perache asintió en silencio. De verdad lo siento mucho, comunicar estas noticias a los pacientes nunca es fácil. Creo que lo mejor es quedarse en casa junto con la familia y los amigos, no creo que quiera ingresar en un hospital. No, no quiero, dijo Perache. Luego Dumont procedió a darle una serie de informaciones acerca del proceso de la quimio, entre ellas, la hora de las sesiones y el lugar donde debía hacerlas, pero Perache apenas podía oír las palabras del médico, como si le llegaran a través de un filtro o una sordina. Antes de salir de la consulta Dumont le alcanzó unos folletos de autoayuda relacionados con pacientes de cáncer y la voluntad para sobrellevar el proceso. Perache tiró los folletines en el primer bote de basura que vio y volvió sobre sus pasos hasta la rue Diderot.

Esa tarde, al regresar a su apartamento, Perache cae en la cuenta de que está temblando. Tiene 45 años. No puede creer que su vida vaya a terminar. No. Hay posibilidades. Había un

10 %, incluso 15, eso era una posibilidad, escasa, pero una posibilidad al fin al cabo. O Dumont sólo había dado un número cualquiera con tal de no haber dicho "cero" posibilidades. No, no es posible, se dijo a sí mismo. Lo paradójico del asunto era que se sentía bien, más sano que nunca, desde que se había levantado por la mañana. Incluso se ha sentido invadido por fuerzas físicas increíbles y se ha pasado, desde que se levantó, haciendo rompecabezas y resolviendo crucigramas. Ahora, al llegar a casa, se ha puesto a hacer más crucigramas y sopas de letras, como si no hubiera habido ninguna visita al médico. Sin embargo, al caer la tarde fue a un puesto de mercado para comprar algunas verduras y vio a varias señoras con carritos de compra y olfateando vegetales, entonces pensó que él ya no pertenecía a la realidad de esas señoras arrastrando su compra. Ni a la realidad de la seguridad placentera que tenían los clientes en el café de enfrente. Luego se dijo a sí mismo que no, que todavía estaba en el mundo, que había posibilidades. Quiso bajar al metro, siempre le había gustado la lógica interna de los subterráneos, pero cuando vio el pedazo de cielo azul que se iba alejando mientras descendía por la escalera eléctrica, sintió que le faltaba el aire e inmediatamente volvió a subir a la superficie. Sí, era mejor el aire libre de arriba. Supo que debía encontrar la mejor forma de comunicarle la noticia a Eli y a sus tíos, y a las personas que lo conocían. Aunque prefería manejar el tema con la mayor discreción. No soportaba la idea de ser un "inválido", pero mucho menos toleraba el hecho de la compasión en la mirada de los otros y, mucho menos, la autocompasión de sí mismo.

19 de febrero

Por momentos su vida no parecía transcurrir en el presente. Cuando veía a un niño, ya no podía evitar figurarse todos los síntomas decadentes de su futura vejez. Y cuando se cruzaba con una mujer, de una u otra forma, le resultaba imposible no tener la visión de su cráneo desnudo, de todo el conglomerado blanco que había detrás de la piel. Como si París fuera una especie de espacio de una anticipación infernal inevitable. Lo peor era si la mujer era hermosa, porque mientras más deslumbrante era, más se le aparecía ante los ojos el esqueleto ocultado. Y se acuerda de una nota que leyó de Elías Canetti en 1978: "Un hombre al que captamos, sin tener que volver a reconocerlo nunca más. Economía humana de la ciudad, tremenda y por eso estimulante", pero en verdad no le resulta nada estimulante el asunto y siente que se pierde entre las calles parisinas hasta el punto de olvidarse de sí mismo, como si dentro de la ciudad la desmemoria y el infierno fueran una misma cosa.

20 de febrero

Ahora, piensa, la idea de hacer una *bildungsroman* tiene todo el sentido del mundo. Pensó que podía burlar a la muerte. Pensó que quizás el proyecto no estaba del todo muerto. Podía terminar su novela *53 días* escribiendo sólo una parte. Y dejar la apariencia, justamente, de que con su muerte la obra queda inconclusa. Cuando más bien la novela estaría hacía tiempo terminada. Era una buena idea. Comenzó, pues, a corregir de nuevo las 92 páginas en limpio que había escrito y a desarrollar la segunda sección (la desmantelación) añadiendo una serie de comentarios con el título *Notas que remiten a las páginas redactadas*, cuyo contenido modificaba 180 grados las historias narradas en la primera sección. Más tarde, incorporó como encabezado de esa segunda parte la frase de Stendhal que le había inspirado: *Un Roman est un Miroir qui se Promène le Long de la Route*. Entonces, pensó Perache, con la muerte, mi muerte real, la novela estaría completada de verdad. Porque quedaría demostrado que la novela siempre estará inconclusa, siempre será posibilidad. Y a primera vista, es decir, para

Laurent y los que se encargan de editar el manuscrito, sólo parecerá eso, un libro inacabado, interrumpido. Contento con la labor que venía realizando y con aquella idea, se quitó la ropa y fue al baño a darse una ducha. Se miró en el espejo. Vio su pelo duro y alborotado en las sienes como una esponja de alambre. Se detuvo en sus ojos grandes y azules que le parecen lúdicos y similares a los de un sapo. En su nariz aguileña y su rostro en general, esculpido sin mucho empeño y con demasiadas verrugas para su gusto. Durante la adolescencia había sufrido mucho en la escuela por su físico, pero de adulto y con el paso del tiempo había aprendido a aceptar aquella cara y aquel pelo. Incluso sus labios le parecían perfectos. Delgados y perfectos. Al salir de la ducha, le invadió de nuevo una tristeza extraña de la cual no pudo deshacerse en los minutos subsiguientes, por lo que se puso un albornoz, y empezó a escribir un poema en su vieja Olivetti:

Pero esa risa. Esa risa veladora del sueño. Cuyo nacimiento (como es normal) hace que los ojos se achinen un poco, sólo un poco, pero que en este caso vemos cómo se deslizan los iris y también los párpados a cada lado, adquiriendo el conjunto entero una leve tristeza, y no cualquier tristeza, sino una tristeza contenida en una ciudad, o como si esos ojos simplemente estuvieran a punto de llorar o pensando tal posibilidad por un momento. Una risa me lo pienso todo y lo analizo todo para luego consultar a las estrellas, una risa a veces no me aguanto ni yo, una risa que anda y desanda los puentes de Lyon, las calles de La Habana, Túnez y el mar Mediterráneo. Fantasma imposible. Radiactividad dulce. Melancolía que busca. Y por supuesto, una risa que no es más que una risa.

22 de febrero

Perache se la pasa en la cama leyendo el libro de mitología griega que ha comprado en Australia. Lleva varios días sin fuerzas, ha perdido el apetito hace una semana y solo quiere dormir y leer. Las únicas dos actividades que admite su cuerpo. A veces mira por la ventana el paisaje de la urbe parisina. El sol bañando las fachadas de los edificios neoclásicos, el café en donde había visto a la lectora imaginaria, la ventana de su vecino el escritor imaginario. Esa noche de plena inactividad, se arrepiente de la idea de "proyecto deliberadamente inconcluso" de 53. Siente que hubiera querido hacer otra cosa, por ejemplo, haber sido pintor, o simplemente haber terminado de verdad el libro, con todas las de la ley. La respiración se ha vuelto más pesada. Sabe lo que pasará al final, pero ya no piensa en ello. Laurent le ha telefoneado para proponerle una invitación a hablar en el programa de radio de LeTellier el día 24, y Perache ha aprovechado para contarle. Laurent se ha quedado sin saber qué decir del otro lado del teléfono y a continuación, intenta articular lo mejor posible las palabras y no agobiarle con muchas preguntas. Perache le hace un resumen objetivo del asunto omitiendo algunos datos innecesarios y evitando en todo momento dentro de la charla una caída hacia algún sentimiento parecido a la compasión o la simpatía. No quiero que vengas, quiero estar tranquilo en casa, dijo Perache. Pero sí iré al programa de radio, dice resueltamente antes de colgar.

23 de febrero

Comienza a ver pequeñas alimañas de color negro por las esquinas, como danzando y saltando en silencio. A veces tiene miedo de ellas. A veces le resultan graciosos sus movimientos. Pensamientos y diferentes visiones se agrupan y desbordan en su mente sin ningún control. Escenarios tunecinos, peleas con Pauline, los juegos con su hermana en la casa de sus abuelos, la risa de su madre asesinada en los campos de exterminio nazi, reminiscencias de ojos y conversaciones. Le asaltan las ganas de inventariar todo eso, congelarlo y ordenarlo como había hecho con sus comidas, con sus objetos. Intenta escribirlas, aunque la mano le tiembla un poco y ha perdido la voluntaria seguridad del trazo. Entonces vuelve a leer pasajes de los libros que compró en Australia y algunas postales de amigos. De vez en cuando escribe. Párrafos o frases al vuelo, palabras que a ciertas horas cuando vuelve sobre ellas les encuentra un sentido único y, en otros momentos, sólo le parecen un conjunto de sonidos. En la noche ha salido a cenar con Eli y han hablado, entre otras cosas, de los problemas económicos de Perache y de lo difícil que le resulta ganar más dinero con las novelitas de bolsillo, pero creo que los salarios y los trabajos han quedado en un segundo plano por el momento, dijo Perache y seguidamente le ha contado la noticia sobre su salud. Ella hizo un esfuerzo por contener las lágrimas, era algo que podía apreciarse en su rostro, pero Perache intentó aligerar la situación aludiendo a los diferentes tratamientos y a que tenía posibilidades de sobrevivir, incluso más de un 30%. Como siempre, las verdades yuxtapuestas con mentiras suelen ser más efectivas y simulan casi una verdad sólida. Como sucede en estos casos, Eli le tomó las manos y le dijo que le ayudaría con todo lo que necesitara. Los dos estaban temblando.

24 de febrero

El programa de radio, conducido por H. LeTellier, un periodista de fama local, consistía en invitar a una serie de autores, en donde casi siempre se les pedía que enunciaran 25 cosas que quisieran hacer antes de morir. A partir de lo que dijeran los invitados, ocurría un debate improvisado, so pretexto para conocer un poco más a fondo la vida de los autores. Después de una entrevista casi improvisada sobre libros y la actividad de Perache como escritor, el interlocutor le pide pues, la famosa lista, y Perache esa mañana se ha traído una pequeña hoja donde ha puesto no 25 sino 37 cosas que hubiera querido hacer antes de morir. Ante la cifra, LeTellier suelta una carcajada y Perache, frente al micrófono y en una mezcla de calculada preparación e improvisación comienza.

1. Quisiera deshacerme de una cierta cantidad de objetos a los que me aferro sin saber por qué me aferro a ellos,
2. ordenar mis estanterías de una vez por todas,
3. recorrer Estados Unidos en bicicleta (como soñaba Malaparte),
4. dejar de fumar de una vez por todas,
5. cosas conectadas con deseos de cambio más profundos, por ejemplo: vestirse de una manera bastante diferente,
6. vivir mucho tiempo en un hotel (en París),
7. vivir en el campo,
8. ir a vivir un buen tiempo a una ciudad extranjera (Londres, por ejemplo),
9. luego hay cosas relacionadas con los sueños del tiempo o del espacio. Hay bastantes de ellos: como cruzar la intersección del Ecuador y la Línea Internacional de Cambio de Fecha,
10. cruzar el Círculo Polar Ártico,
11. experimentar un estado "eterno" (como Siffre),
12. viajar en submarino,
13. Experimentar un viaje con ácido en el desierto de Atacama,
14. hacer un viaje en globo aerostático o en dirigible,
15. ir a las islas Kerguelen (o Tristán da Cunha),
16. ir de Marruecos a Tombuctú en camello en cincuenta y dos días,
17. luego, entre todas las cosas que aún no sé, hay algunas que me gustaría tener tiempo para descubrir: me gustaría ir a Palatino,
18. me gustaría ir a Bayreuth, pero también a Praga y Viena,

19. me gustaría ir al Prado,
20. me gustaría beber ron de una botella que pudiera encontrar en el fondo marino (como el Capitán Haddock en *El tesoro de Red Rackham*),
21. me gustaría tener tiempo para leer a Henry James (entre otros),
22. me gustaría viajar en un barco por la Costa Brava,
23. luego hay muchas cosas que me gustaría aprender pero sé que no lo haré, porque no me alcanzaría el tiempo *(aquí esboza una sonrisa de niño)*, o porque sé que los haría muy mal: resolver el cubo de Rubik,
24. aprender a tocar la batería,
25. aprender ruso,
26. aprender a ser impresor,
27. pintar paisajes impresionistas,
28. luego hay cosas relacionadas con mi trabajo como escritor. En su mayor parte son planes vagos; algunas cosas son bastante posibles, y sólo dependen de mí, por ejemplo: escribir para niños pequeños,
29. escribir ciencia ficción,
30. mientras que otras dependen de encargos: escribir el guión de una película de aventuras en la que (por ejemplo) cinco mil jinetes kirguís atraviesen las estepas,
31. escribir una novela donde se describan 99 habitaciones de un edificio en un segundo,
32. trabajar con un dibujante,
33. escribir sólo letras (para Anna Prucnal, por ejemplo),
34. hay otra cosa que me gustaría hacer, pero no sé dónde ponerla: plantar un árbol (y verlo crecer),
35. y, por último, hay cosas que ahora no se pueden hacer, pero que habrían sido posibles no hace mucho: emborracharse con Malcolm Lowry,
36. conocer a Vladimir Nabokov,

37. etc. etc. Debe haber muchas otras. Elijo parar en el número 37.

25 de febrero

Las alimañas han desaparecido. Eli ha ido a la casa para dejarle una despensa y ha estado con él toda la tarde. Mientras están tomando un té en la sala comedor, Perache le dice que no ha asistido ni asistirá a ninguna sesión de quimioterapia. Espera en ese sentido la comprensión, por parte de ella, de no querer vivir lo último que le queda padeciendo esos cambios en el cuerpo y asistiendo a una decadencia inútil, por tal de extender la vida unas semanas más. Eli baja la mirada y le dice que lo comprende. Luego se ponen a hablar de cosas cotidianas y de temas que nada tienen que ver con ellos. Tras quedarse solo, Perache reúne un poco de fuerza y se pone de nuevo a escribir en *53 días*, en ese sentido, agrega algunas pistas dentro del manuscrito dejado por Serval en aquella habitación de Grianta, claves encriptadas que el mismo personaje habría dejado en el libro sobre su propio paradero, y más adelante en la segunda sección añade otra especie de refutación para dichas pistas. Al cabo de un tiempo se siente muy cansado y deja de escribir. En la noche, mientras está leyendo un cuento de Kafka, le han llamado Laurent y Eli para saber de su estado, y también le ha llamado Raymond, que se ha enterado de la noticia por Laurent. Después de hablar con todos ellos, Perache desconecta el teléfono de la pared y hace algunas anotaciones, como puede, en su cuaderno. Luego apaga la luz.

26 de febrero

El libro puzzle. ¿Quién es realmente Serval? El libro encriptado servirá, hacia el final de la novela, para que surja la pregunta: ¿quién es Serval realmente? ¿Cuál es el verdadero sentido de su desaparición?

Mi propia muerte.

En fin, seré el paciente de cáncer más elegante de París.

27 de febrero

Para su sorpresa, unos amigos cercanos han aparecido en su apartamento y han insistido en que Perache los acompañe a almorzar. Como le ha contado la noticia a Eli, intuye que ha sido ella quien les ha avisado. Se dirigen a un restaurante al que Perache había ido otras veces, y mientras los amigos hablan y comen como si nada pasara, Perache, pálido como la nieve, se queda viendo su plato de arroz en silencio y apenas interviene en las charlas de la mesa. De regreso, uno de los amigos tiene que ayudarlo a subir hasta su piso. Se quedan un rato charlando en el comedor, aunque el amigo, de apellido Bernard, es el que más habla. En un punto de la conversación Perache le confiesa que se siente triste por no ser el heredero de nadie. No tiene más familia que sus tíos y Eli, y ninguno de ellos le ha dejado nada. Pero tanto te preocupa eso ahora, dice Bernard. No se trata de eso, dice Perache. No se trata de los objetos, o de la banalidad que pudiera tener el asunto porque voy a morir, sólo que hubiera querido ser el heredero de alguien. Bernard permanece en silencio y ambos se abrazan. Perache le da las gracias y después se tumba otra vez en la cama, ha perdido varios kilos muy rápidamente, siente un cansancio extremo, siente que no le alcanza el aire que pasa por su nariz, así que toma una pastilla de morfina (como casi todas las noches) y al final cae en un sueño profundo.

28 de febrero

Ariadna abandonada por Teseo en la playa de Naxos. Un escritor mediocre que muere de un infarto al leer *La asesina ilustrada* de Vila-Matas. Los soles de la noche. La inactividad anhelada por Kafka. El llanto de Lídice. Mi cara. La cara brillante de Serval. La casita con jardín de Lyon. Calles tunecinas o lo que queda de ellas. La mirada de la muchacha del turbante azul en medio de la muchedumbre. Perder las fuerzas, mirarse en el espejo y no ver siquiera el esqueleto, orinar en cualquier sitio, escuchar las mismas voces en el oído y la mirada furtiva al sinnúmero de fantasmas danzando a pleno día en la rutina diaria. La máscara de plástico. Los vestigios de horror del cuadro impresionista comprado en la tienda de segunda mano. Lídice, María ¿Pauline? Perder las fuerzas, el viejo que pierde las fuerzas de una vez por todas y cierra los ojos ante el último delirio, el último sueño: las manos adolescentes de su hermana acariciándole los muslos, el rostro, los dos desnudos en la bañera bien escondidos de los padres, el olor del pelo mojado de la hermana como el correlato fundamental de su humanidad más humana, vale decir, el correlato de su condición de cuerpo deseante del género masculino, dos, tres sombras enviando señales a través del espejo de la habitación entonces el viejo quisiera llorar, si hubiera tenido fuerzas se habría puesto a llorar.

1 de marzo

De nuevo la noche y los mismos compases. La terrible inocencia dulce de la niña metida dentro del tanque de agua ahogando a un gato el vestido floreado pegado al cuerpo los pezones como pequeños botones erizados por el frío y los gritos del animal y la adolescente se mezclan: martirio felicidad felicidad martirio y yo estoy a unos metros mirando aquello y en vez de detenerla simplemente la observo me quedo allí viéndola en aquel escenario que comienza a excitarme de un modo misterioso y único antes de la llegada de la Enfermedad. El murmullo ahora de los árboles. La máscara de plástico otra vez. El rastro de unos pasos que ya se ha convertido en una telaraña radiactiva. La angustia de Milton. La visión de la gitana adolescente cantando y llorando frente a Pushkin. Una aldea cubierta de nieve. Pasos, es decir, huellas de niños y perros. Niños que escriben sus nombres en una losa que luego cubren con tierra. La calma instantánea en medio de la crisis. La búsqueda permanente de la respiración desasosegada. Un solo cuerpo para 567 camas. El rastro ya sin electricidad pero aún quemante de unos pasos. Mi amor te seguirá. Mi amor te seguirá a donde vayas. La primavera nunca nos estuvo esperando querida, siempre estuvo un paso por delante de nosotros mientras la perseguíamos en el baile de páginas entreabiertas y sentíamos el ardor febril de los encuentros efímeros. Y si el primer hombre no hubiera salido nunca de la caverna. Y si las infinitas sombras.

3 de marzo

2 y 40 de la mañana. La respiración de Perache se detiene. A su alrededor hay muchos papeles, notas al vuelo, dibujos, crucigramas, esquemas, inventarios sobre su comida diaria y de todas las camas en las que ha dormido en su vida, hay postales de Australia y viejas cartas tunecinas de Pauline. También a unos pocos metros, encima de la mesa que está al lado de la ventana, se encuentra el manuscrito de *53 días*. 92 páginas. Un capítulo y medio y 150 anotaciones.

Este libro se publicó
en el mes de junio
del año 2025